AF356045

2me Vente du 20 et 23 Juin 1891

A DEUX HEURES

Hôtel Drouot — Salle 4 et 7

DESSINS ORIGINAUX

DU

Courrier Français

EXPOSITION PUBLIQUE

le Vendredi 19 Juin, de 2 à 6 heures

M. Georges DUCHESNE	S. MAYER
COMMISSAIRE-PRISEUR	EXPERT
8, rue de Hanovre	5, rue Laffitte

PARIS 1891

CATALOGUE

DES

DESSINS DU COURRIER FRANÇAIS

MIS EN VENTE

à l'Hôtel Drouot

le SAMEDI 20 JUIN — Salle N° 4, à deux heures
le MARDI 23 JUIN — Salle N° 7, à deux heures

Les dessins mis en vente sont de :

MM. Bauduin.	MM. Legrand (Louis).
Bligny.	Lorin (Georges).
Calbet.	Lunel.
Chéret.	Mantelet.
Dupérelle.	Morel (Pierre);
Fau (Fernand).	Pille (Henri).
Faverot.	Quinsac.
Forain.	Riquet.
Gavarni.	Rœdel.
Girault.	Roy (José).
Habert.	Taupin.
Heidbrinck.	Théodore Rousseau;
Jacquet.	Tiret-Boguet.
Joan Berg.	Toulouse-Lautrec.
Just Simon.	Uzès.
Lebègue.	Willette.
Lefebvre-Lourdet.	

M. Georges DUCHESNE	**S. MAYER**
COMMISSAIRE-PRISEUR	EXPERT
6, rue de Hanovre.	5, rue Laffitte.

Exposition Publique le Vendredi 19 Juin

de 2 à 6 heures

CONDITIONS DE VENTE

Elle sera faite au comptant.

Les acquéreurs paieront en sus des adjudi-cations, cinq centimes par franc.

Les dessins sont vendus avec interdiction formelle de droit de reproduction.

DÉSIGNATION

Dessins et Aquarelles

BAUDUIN (Jean)

1. Mignonne, voici l'Avril.

BLIGNY

2. La Fermeture de la chasse.

CALBET

3. Phémie.

CHÉRET (Jules)

4. Epreuve sur papier de Hollande.
5. —   —   —
6. —   —   —
7. —   —   —
8. Affiches du *Courrier Français* en bistre et
   en couleurs.

DUPÉRELLE

9. Le Printemps.
10. L'Hiver.

FAU (Fernand)

11. Sur les Boulevards.

❀❀❀❀❀❀❀❀❀❀❀❀❀❀❀❀❀❀❀❀❀
♣

FAVEROT

12. La dernière feuille.
13. Le Saut du Clown.

FORAIN

14. Au Bal des Bébés du *Courrier Français*.
15. Danseuse saluant.
16. Sortie de Bal masqué.
17. « Ne pas tromper cet homme-là, mais ce serait offenser le bon Dieu ! »
18. Croquis.
19.   —
20.   —
21. Le 1ᵉʳ Janvier à l'Opéra. — Pour sûr qu'il a bien fait les choses !...
22. Tiens, mon ancien Badingues !!
23. Est-ce que t'auras cette tête-là pour juger le *Courrier Français?*
24. Allons vite, ma clef !...
25. ...?...!....
26. A la mer. — Villa des Mouettes — 85 francs par jour — sans le vin.
27. Allégorie.
28. ... Tiens, à propos, comment t'appelles-tu ?
29. Actualité.
30. La « mia figlia »; M. Bonnat en était très content.
31. Terrassiers et demoiselles de magasin : « Oui p'pa, toute la journée c'est défendu de nous asseoir... — Fais comme nous, plaques-les !... »
32. Si j'avais plus de mémoire j'saurais d'qui il est !...
33. A l'Opéra. — Les Anges purs (4ᵉ acte de *Faust*.

34. Les Courses à Longchamps.

35. C'est tout c'qui m'envoie pour mon terme?...

36. Qu'est-ce qui dit?...

37. Les grandes manœuvres.

38. Nana : « Dis-donc, Emile, quand tu seras
de l'Académie, tu leur donneras mon
adresse !!!... »

93. Alors, c'est entendu, nous vous attendons
toutes les deux...

40. Une loge de Danseuses à l'Opéra.

41. ... Il est dans la salle!...

42. Premiers pas dans le monde.

43. J'vois bien ça, t'as besoin d'une volée...

44. A l'Opéra. — Présentation dans la loge.

45. Flirt.

46. Dans les coulisses de l'Opéra. — « Y a rien
de fait! »

47. J'y ai pas plus tôt eu dit mon âge, qu'y
m'a donné sa carte.

48. « Cent sous!!!... J'aimerais mieux travail-
ler!... »

49. .....?

50. Y a un miniss qui vient de monter avec la
négresse !

51. Coulisses de l'Opéra. — Abonné offrant des
bonbons.

52. N'a pas dîné.

53. Si je t'ai trompé? J't'écoute que je t'ai
trompé... et sans douleur!

54. Vous êtes tous les mêmes... tu l'blagues
parce qu'il a reconnu son enfant... rends-
moi ma clef!

55. Farniente.

GAVARNI

56. On m'a fait mon mouchoir (aquarelle).

GIRAULT

57. La santé pour tous.

HABERT

58. Croquis.
59. La Levrette en paletot.
60. La Esmeralda.

HEIDBRINCK

61. Un modèle inconvenant.
62. Carnot la Pucelle
63. Le Viol par les yeux.
64. Le Froid à Paris (douze dessins).
65. Bal masqué à l'Opéra.
66. La toile Eiffel.
67. Le Salon de 1891.
68. Les divers moyens de se débarrasser du général Boulanger.
69. Turcan faisant la statue de Lazare Carnot.
70. La revue du Concert-Parisien.
71. L'Enfant malade.
72. Paysans allant aux champs.
73. Dessin pour le Bal mystique du *Courrier Français*.
74. Les Joies de l'Hiver.
75. Premiers beaux jours.
76. Les Obscénités de la rue.
77. Les Marcheurs de nuit.
78. Un accident.
79. Au Marché de la Madeleine.
80. Enrhumés et Asthmatiques.
81. Marchandes des Quatre-Saisons.
82. Encadrement.
82 *bis*. Débuts de Mlle Allarty au Cirque d'Été.
82 *ter*. Les Bohêmes.

JACQUET

83. Aquarelle.
84.   —
85. Eau-forte.
86.   —

JOAN BERG

87. Au Bar américain.
88. Le Verre de sang à l'Abattoir.
89. Le Cherry-gobler à l'Eden.

JUST SIMON

90. Avril.
91. Les Femmes-Coiffeurs.

LEBÈGUE

92. L'Œuf de Pâques.

LEFEBVRE-LOURDET

93. Le Courrier Français.

LEGRAND (Louis)

94. Sous bois.
95. Sortie de Soirée.
96. Fin (eau-forte).
97. La petite Chiffonnière.
98. Jeune femme écrivant.
99. Le Pain quotidien.
100. Croquis non signé.
101.   —
102.   —
103. La Grève des Chevaux.
104. Le Travail et la Paresse (eau-forte).
105. Une Partie de campagne.
106. La Masseuse.
107. Fin (eau-forte).

108. Une Gaillarde.
109. L'Epouvantail.
110. Le Chant du... Kock.
111. Cent sous la Botte.
112. Croquis pour la Fête du *Courrier Français.*
113. *Tes paroles ont des musiques cristallines.*
    Rien qu'à les écouter, que de fois j'ai joui.
                                    (JEAN RICHEPIN.)
113 *bis.* Costumes pour la Fête du *Courrier Français.*

LORIN (GEORGES)

114. J'ai mon lampion.
115. Le Rêve du pauvre.
116. Où l'amour va-t-il se nicher.

LUNEL

117. A Bougival. — Préparatifs.
118. Femmes et Fleurs.
119.   —
120. L'Etoile à matelas. — L'Etoile nocturne.
121. Corps de ballet. — Cors aux pieds.
122. Comment elles se retroussent.
123. En revenant de la Revue.
124. A la Fête de Neuilly.
125. Jeune Coq. — Vieux Coq.
126. Le 14 Juillet à Paris et à la campagne.
127. La circulation dans les rues de Paris.
128. Les Fontaines lumineuses au Champ de Mars.
129. A l'Elysée-Montmartre.
130. Baignoires. — L'eau est-elle bonne?
131. Réouverture de l'Eden. — Le croisement des races.
132. Au Nouveau-Cirque.

133. Patinage à roulettes.
134. Pauvreté n'est pas vice. — C'est bien pis.
135. «Ce n'est pas à moi, monsieur, c'est l'éventail de maman. — Comment, vous avez encore votre maman? »
136. «Bigre! c'est trop haut, je vais reprendre en *mi*. — Non, restez-en là. »
137. Le sous-sol du Divan Japonais.
138. La Reine du Paradis-Latin.
139. Bal masqué à l'Eden.
140. Ne regarde pas, ma fille, ils disent des horreurs.
141. Au Jardin d'Acclimatation.
142. Les agréments du Téléphone.
143. A l'Elysée-Montmartre.
144. Un concours.
145. Tiens! Monsieur n'a pas la médaille.
146. Aux Folies-Bergère.
147. Je vois bien que tu ne m'aimes plus.
148. Regarde donc comme ça se voit que ç'a été un homme à femmes.
149. Tu reviens de l'Exposition et c'est tout ce que tu rapportes?
150. Les Danseuses javanaises à l'Exposition.
151. Les Cochers de fiacre pendant l'Exposition.
152. La Loterie du *Courrier Français*.
153. Un coup de canon.
154. Oui, ma chère, je suis pincée, j'ai la nouvelle maladie.
155. Une envie.
156. Discours à table.
157. A Richard Wallace.
158. Sortant de l'Exposition.
159. «Et vous, cher comte, que pensez-vous du divorce? — L'adultère me suffisait. »

160. Il est pourtant gentil ton chien! pourquoi
     Alfred en est-il jaloux?
161. Une Idylle.
162. Au pays des Pommes.
163. La Revue de la salle Kriestein.
164. A la fête de Saint-Cloud.
165. Au Jardin de Paris.
166. Une revue à la Scala.
167. Départ.
168. Le galant Douanier.
169. C'est pour rendre service au propriétaire,
     mon ami : il y a tellement d'étrangers à
     Paris en ce moment qu'on ne sait plus où
     les fourrer.
170. Pardon, monsieur! on vient de m'enlever
     mon porte-monnaie, puis-je crier au
     voleur sans craindre d'être affiliée aux
     boulangistes.
171. Mais il va très bien ce cocher! je ne vois
     pas pourquoi on crie tant contre ces
     gens-là.
172. L'outillage des manœuvres navales. —
     Linge et chaussures.
173. Encore un dîner de maires! Tout ça c'est
     des prétextes pour aller voir des gour-
     gandines; tu n'iras pas.
174. Le grand jeu.
175. Ces toujours terribles journalistes.
176. Aux bains de mer.
177. La Saint-Louis.
178. Chronique de la Semaine.
179. Première Communion.
180. Les Asperges.
181. Le Printemps.
182. En Wagon.
183. En-tête de Chronique.

✿✿✿✿✿✿✿✿✿✿✿✿✿✿✿✿✿✿✿✿✿✿✿
11

184. Ce que l'Hypnotisme peut faire.
185. Un Quadrille à l'Elysée.
186. Eventail.
187. Premiers bourgeons.
188. L'ancienne et la nouvelle méthode.
189. Printemps humide.
190. La distribution des fleurs dans les hôpi-
     taux.
191. A l'Exposition des Mirlitons.
192. Chez les Aquarellistes.
193. En-tête de Chronique.
194. Louis Legrand rêvant à ses dessins.
195. Devant le Café de la Paix.
196. Comment elles se retroussent.
197. Chez Julien.
198. Pas d'argent... pas de bois.
199. Les Courses de Taureaux.
200. La Ligue contre les Jarretières en Angle-
     terre.
201. Après la lecture de *Douce amie.*
202. « Oui, docteur, je mange, je bois, je dors et
     pourtant je suis bien malade ! — Eh bien,
     chère madame, je vais vous donner un
     remède qui vous ôtera tout cela. »
203. Croquis sur la Fête du *Courrier Français.*
204. On manque d'eau à Paris.
205. La Course de Taureaux.
206. Au Nouveau-Cirque.
207. Dourof aux Folies-Bergère.
208. Croquis.
209. V'là les hirondelles.
210. Les Parlementaires à la Chambre.
211. Croquis.
212. Le Jour du frotteur.
213. Une revue du Concert de la Cigale.

214. Les affaires ne vont guère, chère madame...
    Espérons qu'avec la saison des fruits...
215. Il est là !
216. La Reine de la Scala.
218. La Nouvelle Année.
219. Ici on ne reçoit pas les Dames seules.
220. Pauvre Champagne.
221. Mlle d'Alençon et ses ânes.
222. Croquis pour la Fête mystique du *Courrier Français*.
223. Au Concours hyppique.
224. Réouverture des cafés-concerts.
225. Croquis d'aquarelle.
226. Sortie de bal.
227. L'étripement des chevaux à la Course de Taureaux.
228. Croquis.
229. Au Nouveau-Cirque.
230. La Fête du 14 Juillet.
231. Aux Champs-Elysées.
232. Les papas chez leurs fils.
233. Au Bal des Canotiers.
234. Dernières feuilles.
235. Un monsieur sans gêne.
236. Avenue du Bois-de-Boulogne.
237. Au Bal masqué de l'Opéra.
238. Au Bal des Canotiers.
239. Il pleut toujours.
240. Le Souper.
241. Les Insectes nuisibles.
242. A Bougival.
243. Croquis.
244. Les plaisirs de la campagne.
245. Le 14 Juillet.
246. En-tête de Chronique.

247. Chez Marseille. — La lutte.

248. Brasserie Henri IV.

249. 1er Janvier. — Les jouets.

250. Faites aux autres ce que vous voudriez qu'on vous fît.

251. « . . . . ? — Ça doit être une réclame pour la pantomime de l'Hippodrome. »

252. Croquis.

253. La Pantomime du Nouveau-Cirque. — L'Ile des Singes.

254. Le *Clairon* sonne la défense du *Drapeau*.

255. Les Circassiens à l'Eden.

256. Les affaires marchent. — ... C'est le troisième bain que Madame prend aujourd'hui !

257. A l'Exposition universelle : « Ah ça, à qui donc cet Arabe fait-il de l'œil ? Est-ce à toi ou à moi ?... »

258. Au café des Trois-Mousquetaires, rue Harvey : « . . . . . . , — Le mien ne veut pas que je découche !... »

259. A l'Eden : « Maman, on me pince ! — ... Ne réponds pas. »

260. Oui, ma chère, il paraît que c'est le fils d'un prince !

261. Hystériolatrie.

262. La Ligue des femmes socialistes.

263. Une Discussion orageuse.

264. Le Quadrille à l'Elysée-Montmartre.

265. Le Bal de l'Elysée-Montmartre.

266. Fin de ton, comme disent les peintres.

267. Mimosas.

268. Chez le Photographe — aux divers âges.

269. Le Concert aux Bains froids.

270. Les Bords de la Seine.

271. Avant l'Envoi au Salon.
272. Chez Larue.
273. Les Baraques sur les Boulevards le Jour de l'An.
274. Les Soupers en cabinet.
275. Sur la Scène.
276. La Vigne.
277. Dernier jour de campagne.
278. Le Jour des Rameaux.
278 *bis*. Pas de ballottage.
278 *ter*. Renouveau.

MANTELET

279. Fantaisie en noir.

MOREL (Pierre)

280. La Cigale et la Fourmi.
281. Danse macabre.

PILLE (Henri)

282. Au Théâtre.
283. Entrée d'église.
284. Deux Croquis.

QUINSAC

285. Projet de couronnement de l'Arc de Triomphe.

RIQUET

286. La toilette des Statues au Luxembourg.
287. Avant l'ouverture de l'audience.
288. Chez le Juge d'instruction.

RŒDEL

289. Discussion interrompue.

ROY (José)

290. La rampe s'allume.
291. Bières noires.
292. Au Parc Monceau.

TAUPIN

293. La poudre de riz.
294. La pose.
295. Sortie du bain.

THÉODORE ROUSSEAU

296. Dessin.

TIRET-BOGNET

297. Le cortège du Bœuf gras.
298. La revue prolétarienne.
299. Tarte à la crème.
300. La route de l'exil.
301. Gallia hominem quœrens.

TOULOUSE-LAUTREC

302. Gin-cocktail.
303. Jeune fille lisant.
304. Jeune fille tenant une bouteille de vin.

UZES

305. A Biribi (quatre dessins).
306. La France envoyant des secours à Fort-de-France.
307. Le verre de vin.
308. Les Courses de Taureaux.
309. Un duel par la neige.
310. Paulus chantant devant le général Boulanger.

WILLETTE

311. L'œuf de Pâques (épreuve).
312. La Bière, l'Eau, le Champagne, le Vin
(panneaux, épreuves).

Paris. — Imp. A. Lanier et ses Fils, 14, rue Séguier.